Cose che non Devi Fare se Vuoi Diventare uno Scrittore

Francisco Angulo de Lafuente

Published by Charles Scribner's & Company, 2023.

This is a work of fiction. Similarities to real people, places, or events are entirely coincidental.

COSE CHE NON DEVI FARE SE VUOI DIVENTARE UNO SCRITTORE

First edition. September 9, 2023.

Copyright © 2023 Francisco Angulo de Lafuente.

ISBN: 979-8215453223

Written by Francisco Angulo de Lafuente.

Sommario

INTRODUZIONE

"Cose che non devi fare se vuoi diventare uno scrittore" è la brillante e irriverente raccolta di racconti dell'esordiente Francisco Angulo, già destinata a diventare un piccolo cult per aspiranti romanzieri e amanti della letteratura.

Attraverso una serie di episodi esilaranti ed grotteschi, Angulo ci conduce in un viaggio nel mondo della scrittura vista dalla prospettiva di chi muove i primi passi in questo campo. Ne emerge un ritratto dissacrante e senza filtri di tutte le storture ed assurdità che si cela dietro la creazione letteraria.

Con acume e sensibilità, l'autore smonta uno ad uno i miti e le illusioni che spesso accompagnano gli scrittori debuttanti, offrendo al lettore spunti di riflessione tra le risate.

Ad aprire la raccolta è l'esilarante "Sobornar a las editoriales", dove Angulo racconta i suoi tragicomici tentativi di attrarre l'attenzione degli editori inviando loro insulse lettere accompagnate da doni come prosciutti. Il tono è scanzonato e autoironico, la satira del mondo editoriale centra nel segno.

Si prosegue con il racconto "Acosando a los famosos", altro episodio esilarante in cui l'autore torinese descrive i suoi goffi tentativi di farsi notare da scrittori famosi, con risultati mai positivi e spesso imbarazzanti. Angulo colpisce ancora nel segno grazie al suo humor sottile e alla capacità di prendersi in giro.

Ne "El libro viajero" il protagonista prova in tutti i modi assurdi a diffondere le copie invendute del suo romanzo, nascondendole nei posti più impensati. Una satira pungente del sogno di veder diffusa la propria opera, raccontata con ritmo incalzante e grande ironia.

Altri momenti esilaranti sono l'incontro con il sindaco del suo paese che promette di pubblicargli un libro salvo poi rimangiarsi la parola, o il dialogo surreale con un amico su Facebook che dice di non sapere che Angulo è uno scrittore. Situazioni grottesche che l'autore racconta con autoironia, cogliendo gli aspetti comici dietro le delusioni.

Non mancano racconti dai toni più riflessivi, come quando Angulo affronta la sua dislessia in "Dislexia", ostacolo che sembra precludergli la carriera di scrittore e che invece, grazie alla sua tenacia, riesce a trasformare nel suo marchio di fabbrica.

E poi l'incontro con un gruppo di anziani scrittori in un caffè di Madrid, che lo accolgono come un pari e gli insegnano i segreti del mestiere nonostante i 40 anni di differenza. Un omaggio all'importanza dei maestri e della tradizione.

Il filo conduttore di tutti i racconti è l'amore viscerale di Angulo per la scrittura, tra gioie e dolori. Un amore che trasuda da ogni pagina e coinvolge il lettore, facendogli condividere speranze e sconfitte.

Uno dei pregi dell'opera è lo stile fluido e accattivante, capace di dosare sapientemente comicità e lirismo grazie a un linguaggio moderno e trascinante. Le vicende a volte surreali acquistano una dimensione universale proprio grazie all'abilità dell'autore di raccontarle con naturalezza, senza forzature.

"Cose che non devi fare se vuoi diventare uno scrittore" è insomma un libro che parla di libri e della vocazione letteraria, ma che grazie all'approccio brillante e anticonvenzionale di Angulo sa divertire e far riflettere lettori di ogni tipo. Una lettura utile per chi sogna di diventare scrittore, ma anche godibilissima per chi vuole passare qualche ora spensierata in compagnia di personaggi memorabili.

Francisco Angulo si conferma una delle voci più originali e promettenti del panorama letterario italiano.

RECENSIONI

"Un libro esilarante che racconta senza peli sulla lingua le pene e le gioie di chi insegue il sogno di diventare scrittore. Angulo possiede una penna tagliente ed autoironica, capace di farti ridere e commuovere allo stesso tempo. Assolutamente da leggere." - La Lettura

"Un piccolo gioiello di umorismo che colpisce nel segno. Angulo smaschera con intelligenza tutte le storture del mondo editoriale e letterario italiano. Si ride tanto, ma si impara anche qualcosa. Da non perdere." - Robinson

"Un libro delizioso che ogni aspirante scrittore dovrebbe tenere sul comodino. Angulo dispensa perle di saggezza tra le risate, grazie al suo sguardo arguto ma sempre empatico." - Il Venerdì di Repubblica

"Una raccolta divertentissima che conferma il talento di Angulo, capace di raccontare la realtà in modo mai banale. Ironia e poesia si mescolano sapientemente in queste storie esilaranti e struggenti che parlano di libri, sogni e vocazione." - L'Espresso

PROLOGO

Cari lettori, benvenuti nel dietro le quinte della scrittura!

Se siete aspiranti romanzieri, in queste pagine potrete riconoscere molte delle situazioni paradossali ed esilaranti che avete vissuto anche voi. Se invece siete semplici amanti dei libri, vi aspettano tante risate mentre vi immergete nei meandri di questo mondo bizzarro e affascinante.

In ognuno di questi racconti ho voluto cogliere gli aspetti divertenti, grotteschi ma anche poetici che si annidano nel percorso di uno scrittore, soprattutto all'inizio. Perché diventare autore di libri è un po' come scalare l'Everest: bisogna armarsi di passione, costanza e una buona dose di incoscienza! E non scoraggiarsi di fronte alle difficoltà e agli insuccessi, che sono tappe obbligate di questa avventura.

Spero che nel leggere queste storie ci sia molto da ridere, ma anche qualche spunto di riflessione utile per voi che state muovendo i primi passi in quest'arte impervia, ma così appagante quando il libro è finalmente sugli scaffali.

Un consiglio che mi sento di darvi è questo: scrivete senza mai perdere il sorriso. Coltivate lo stupore del principiante di fronte alle infinite possibilità della pagina bianca. E non prendetevi mai troppo sul serio, altrimenti il rischio è quello di rintanarvi in una torre d'avorio lontana dai lettori.

Concludo questa chiacchierata augurandovi buona lettura e buon divertimento. Spero che al termine del libro sentirete l'eco delle mie risate mescolarsi alle vostre.

Things you shouldn't do if you want to be a writer...
...bribe publishers
Here is my friend
giving me advice
to
publish my novel

Capitolo 1

Non ricordo bene chi mi parlò di impressionare le case editrici...

Pensi che con l'enorme quantità di manoscritti che ricevono ogni giorno si fermeranno a leggere il tuo? Devi farti notare, sai come funzionano le cose in Italia...

In quel momento ero davvero disperato e avrei dato ascolto a qualsiasi pazzoidea. Ho inviato manoscritti alle case editrici da quando ho finito il mio primo romanzo, quando avevo diciotto o diciannove anni. Ricordo che la prima bozza era battuta a macchina, non l'avevo digitalizzata e la portai a fotocopiare.

- Mi faccia 10 copie per favore, solo fronte e con i buchi per l'archivio.

Ero così emozionato... Cercai nell'elenco telefonico gli indirizzi delle case editrici più importanti, preparai un plico per ogni manoscritto e mi presentai con essi all'ufficio postale. La spedizione mi costò un occhio, ma non ci badai, pensavo solo alla faccia sorpresa che avrebbero fatto gli editori quando avessero letto il mio romanzo.

Ogni giorno scendevo ad aprire la cassetta delle lettere, se non vedevo tracce del passaggio del postino aspettavo un po' e ridiscendevo. Alcuni giorni passavo quattro o cinque volte, ma non ricevevo mai nulla, solo pubblicità e se c'era qualche lettera era destinata a un familiare. Molte volte uscivo in strada a cercare il postino, l'uomo che già mi conosceva, non appena mi vedeva mi faceva capire con un cenno della testa che non avevo posta. Passarono più di tre mesi e quando ormai avevo perso l'abitudine di frugare nella cassetta delle lettere e tormentare i postini con le mie persecuzioni, apparve una piccola busta nella cassetta, firmata e timbrata da una casa editrice. Presi la busta tra le mani e, senza aspettare l'ascensore, corsi su per le scale, senza pensare che abitavo al nono piano e già al terzo ero senza fiato. Non appena arrivai a casa, mi chiusi in camera mia e con le mani tremanti aprii la busta con attenzione per non danneggiarne il prezioso contenuto. La mia faccia rimase di sasso e la mia gioia andò in frantumi quando lessi quella comunicazione:

Ci dispiace informarla che la sua opera non si adatta alla nostra linea editoriale...

Era tutto qui, poche parole, nessuna critica, nemmeno una valutazione, solo l'amaro sapore della delusione.

Col tempo arrivarono altre lettere, tutte con le stesse parole, ma io non mi scoraggiavo, continuavo a scrivere e a inviare sempre più manoscritti con infiniti racconti. Passarono cinque, dieci e fino a quindici anni e le lettere con la ripetitiva risposta riempivano ormai più di un cassetto. Fu in quel momento, nella disperazione, che mi venne in mente l'idea dell'impatto.

- Devi farti notare: c'è chi invia i propri libri rilegati e chi li manda stampati o addirittura profumati.

Ricordo che più o meno fu così che mi disse un mio amico e collega scrittore.

Eravamo già alla vigilia di Natale, anche se in questo periodo eravamo talmente al verde che da almeno tre mesi non mangiavo un tramezzino al prosciutto o gustavo una bella bistecca. Eppure decisi che era più importante investire i miei ultimi risparmi per comprare del prosciutto, da inviare alle case editrici come biglietto da visita.

LETTERA PROSCIUTTO

Un buon amico e collega scrittore mi ha detto che per concludere un accordo in Italia è abituale regalare un prosciutto.

Ho provato in tutti i modi a infilare il prosciutto nella busta, ma non c'era verso, quindi alla fine ho optato per inviarlo a fette ben confezionato. In questa lettera allego la prima consegna.

P.S. Temendo che il prosciutto si rovinasse ho deciso di mangiarmelo io.

I know him!
...Stalking the Famous
Run it's gone!
I know him!
I think he hasn't seen me!
tripping and rolling on the floor
!!!???
Please don't run!
Things Not To Do If You Want To Be A Writer...
Why do you look at me so much?
I think we have not been introduced, are you a writer?
It's a pleasure
Famous writers always have someone with them. There is no way to get in touch and start a conversation...

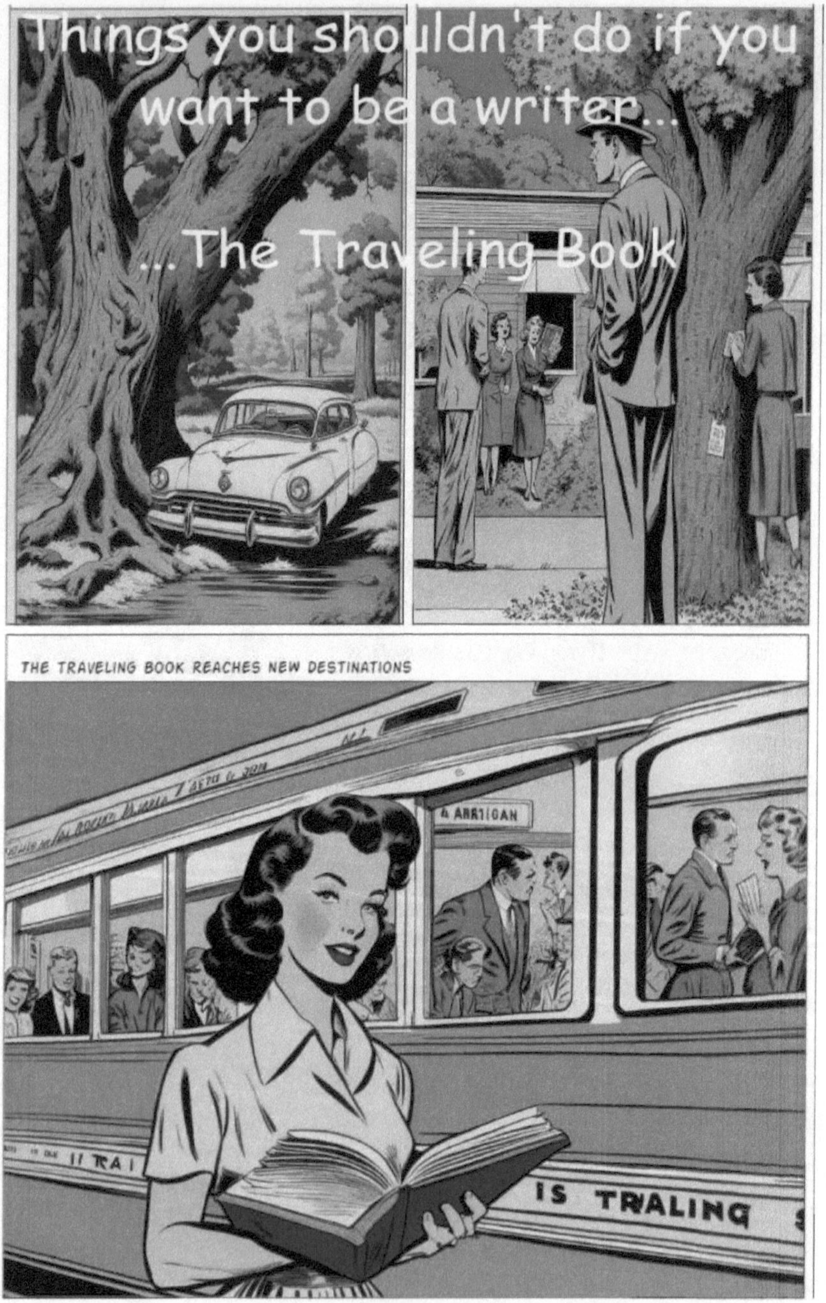

Things you shouldn't do if you want to be a writer...

...The Traveling Book

THE TRAVELING BOOK REACHES NEW DESTINATIONS

Capitolo 2

Cose che non devi fare se vuoi diventare uno scrittore...
...perseguitando i famosi

Tendiamo a credere che qualcuno di famoso possa aiutarci, anzi vedendolo ci sembra di conoscerlo, dopotutto entra spesso nella nostra casa, anche se solo in forma bidimensionale - Forse qualcuno di voi ha già la TV 3D - In un modo o nell'altro pensai che forse qualche illustre scrittore avrebbe potuto prendermi sotto la sua ala. Si possono adottare cani, gatti, mucche e persino asini, perché non anche uno scrittore in più...

Devo sforzare la memoria, perché non ricordo bene come iniziò tutto, credo che la prima cosa fu inviare i miei romanzi per posta: Fernando Sánchez Dragó, Arturo Pérez-Reverte, Federico Moccia, Stephen King... Già, esagerai. L'italiano è quasi come il valenciano e gli americani non parlano spagnolo?

State pensando che questo è fuori di testa, ma non vi darò alcun numero di telefono o indirizzo, perché sono capace di commettere il mio stesso errore.

Quanti romanzi inviai? Quaranta, cinquanta, forse cento, non lo so, persi il conto. Adesso però posso dirvi quante risposte ricevetti, e per questo userò un modo di dire: Le risposte si possono contare sulle dita di un moncherino.

Stanco del pessimo servizio postale, decisi di passare all'azione. Con il mio zaino pieno di romanzi sulle spalle uscii a dare la caccia ai famosi.

Incontrai Alberto Vázquez Figueroa a una presentazione e, non appena ne ebbi l'occasione, gli regalai uno dei miei libri e gli chiesi perfino una dedica, che contraddizione, avrei dovuto essere io a comprare il suo romanzo e chiedergli di firmarmelo. A quanto pare avevamo alcune cose in comune, non solo dal punto di vista letterario, anche nella ricerca. Alberto lavora da molti anni a un progetto di dissalazione che risparmia energia e io con Ecofa a progetti di energie rinnovabili. Non mi fu difficile intavolare una conversazione e chiacchierare fino ad annoiare i fan.

In un'altra occasione consegnai un manoscritto ad Al Gore, ovviamente tradotto in inglese. Borbottai alcune parole nel mio spanglish e non solo mi disse che lo avrebbe letto, mi fece notare che aveva sentito parlare di me e del mio progetto - Sono incredibili i miracoli di Internet -.

Parlai con Eduardo Mendoza, Lucía Etxebarría, Javier Reverte, Maruja Torres, Lorenzo Silva e moltissimi altri.

Quello che imparai da tutti loro è che non c'è trucco migliore che leggere molto e scrivere ancora di più.

Il mio consiglio è lavorare, scrivere ciò che vi piace, divertirvi e godervela.

E se un giorno vi perseguita un giovane con zaino e romanzo in mano, non spaventatevi, potrebbe solo volervi regalare una copia.

THE TRAVELING BOOK

HIDING IN PLAIN SIGHT

FINDING A NEW HOME

A NEW CHAPTER BEGINS

13

Capitolo 3

Sono sicuro che tutti avete sentito parlare del libro viaggiatore. Che meraviglia, si lascia un libro nel posto più impensato: la cavità di un albero, alla fermata della metropolitana o in una cabina telefonica. Il libro verrà raccolto da una persona meravigliosa che lo leggerà con affetto e lo depositerà in un altro luogo, affinché il suddetto manoscritto continui il suo viaggio. Il romanzo viaggerà di paese in paese e di città in città, in auto, autobus, treno, nave o aereo e girerà il mondo...

Apro una nuova scatola di libri, sperando di svuotarla per lasciare un po' più di spazio nella mia stanza e riuscire almeno a sedermi. Quattro scatole del mio romanzo La Reliquia fanno da scrivania, due de Il Fiutatore servono da tavolino, altrettante reggono il materasso, ci sono romanzi sopra l'armadio, sotto i vestiti in un cassetto, dietro le porte della cucina e del salotto. Riempio lo zaino fino a scoppiare e a causa del peso riesco a malapena a camminare. Esco in strada e comincio a ispezionare un posto dove liberare il primo. Alla fermata dell'autobus due comari non smettono di guardarmi, apro il mio zaino e tiro fuori una copia, ma mi guardano male. Non sembrano lettrici... Forse se si trattasse di una rivista di gossip o delle memorie di Ana Rosa copiate dal suo amico scrittore...

Arriva l'autobus, faccio finta di niente, guardo da un'altra parte:

- Ehi ragazzo! Sali o parto! - mi urla l'autista.

Quando finalmente ho l'occasione, la fermata si riempie di nuovo. Pensai che sarebbe stato meglio andare altrove, forse in centro a Roma avrei qualche opportunità.

Salgo sul treno, cammino da una parte all'altra, cercando una carrozza vuota dove piazzare un esemplare. Trovo il posto ideale e lascio La Reliquia su un sedile, poi mi allontano di quattro o cinque metri e mi siedo ad aspettare. Alla fermata successiva il treno si riempie all'inverosimile, tutti guardano il libro, ma nessuno vuole toccarlo. Arriva il solito tossico andato e si mette a cantare "Il supplizio che bisogna sopportare". Passa chiedendo soldi perché ne ha bisogno per drogarsi. Non appena vede il libro si lancia come se fosse un tesoro, un Iphone o un orologio d'oro, se lo infila sotto i pantaloni sopra la pancia, perché il cinturone lo tenga fermo meglio. Scendo alla stazione successiva, esco da Termini e mi dirigo verso Piazza di Spagna. Vedo una cabina telefonica e di colpo lascio un altro esemplare all'interno. Cammino veloce guardandomi alle spalle, ma mi spaventa un uomo vestito di nero che mi insegue, cammino più veloce ma il signore cerca di raggiungermi. In via del Corso o via del Tritone è meglio non fermarsi a conversare... Scappo di corsa e allora lo sento urlare:

- Ehi ragazzo! Ha lasciato un libro in quella cabina, se lo è dimenticato.

- No, no, si sbaglia, non è mio.

Ma il tizio non vuole smettere, insiste e addirittura si avvicina la polizia per vedere cosa sta succedendo. Davanti agli agenti devo ammettere che il libro è mio, devo ringraziare il signore perché il poliziotto mi guarda male e addirittura devo abbracciarlo.

Frustato ripercorro la strada e riscendo alla stazione, dove incontro il tossico che, oltre a cantante e attore, è anche venditore. Ha messo un cartone per terra con cose che ha trovato in giro e al centro, come articolo di punta, c'è il mio romanzo:

- Quanto costa questo libro? - Chiedo all'indigente.

- Quanto puoi darmi?

- Dieci euro?

- È troppo poco per questo esemplare. Ma aspetta, io ti conosco, sì, sì, ti ho visto da qualche parte.

- No, no, non credo.

- Tu, tu sei Francesco Angulo, per favore firmamelo. Metti: Al mio amico Blas.

Che emozione mi fece, era un po' fatto, sporco e trascurato, ma era il mio primo fan! Anch'io sono povero e non potevo aiutarlo molto, ma gli diedi i dieci euro che avevo, a patto che cenasse in qualche bar.

I'm sure you've all heard of the traveling book. How lovely,
you leave a book in the most unsuspected place:

The novel will travel from town to town and from city to city, by car, bus, train,
boat, or plane and the world will traverse...Text

Capitolo 4

Cose che non devi fare se vuoi diventare uno scrittore...
...Nessuno è profeta in patria

GIOVEDÌ SCORSO, MI sono avvicinato alla presentazione di Albert Espinosa, in verità con poca voglia, perché l'autunno mi deprime sempre e sentire parlare di cancro non mi sembrava il massimo. Devo dire che ne sono uscito decisamente più animato, Albert è un tipo fantastico.

Come sempre arrivai più di mezz'ora prima e, non avendo niente da fare, feci un giro nella sala espositiva del centro culturale Tomás y Valiente. Vidi un mucchio di dépliant culturali, volantini e segnalibri del comune, infilai la mano nello zaino e tirai fuori un blocchetto di segnalibri di Compagnia N°12. Non mi piace questa storia, questa cosa di dare agli amici un segnalibro, mi sembra alquanto pretenziosa: ti do un segnalibro così magari mi compri un libro. Mi ricorda gli inviti di nozze: ma perché li chiamano inviti se chi paga è l'invitato? Ho sempre preferito regalare romanzi, così non ci sono scuse per non leggermi "L'ho cercato ma non l'ho trovato, questo mese sono a corto di soldi, ecc.". Purtroppo in questa occasione mi è stato impossibile proseguire con la tradizione, dato che la casa editrice Sharedpen è americana e ha potuto inviarmi solo pochissime copie a causa degli elevati costi di spedizione.

Posizionando i miei segnalibri sul bancone noto una fitta, è lo sguardo maldisposto della signorina alla reception.

\- Posso lasciare alcuni segnalibri?

\- No signore, ammettiamo solo quelli del comune di Fuenlabrada!

Questo mi ha ricordato vecchi tempi, quando in una certa occasione incontrai il sindaco Manuel. Era agli inizi quando giravo con lo zaino pieno dei romanzi de La Reliquia. Mi avvicinai e gli regalai una copia.

- Sei uno scrittore di Fuenlabrada? Per favore firmamelo, sono un accanito lettore...

Mi disse che avrei potuto pubblicarlo con il comune, che la cultura ha questa missione. L'uomo, da bravo politico in campagna elettorale, si mostrò molto gentile e cordiale. Pochi giorni dopo mi chiamarono dal comune, fissarono un appuntamento e ci incontrammo nel suo ufficio. Parlammo un bel po', gli raccontai del progetto del mio libro Ecofa, sembrava molto interessato.

- Questo ce lo devi lasciare pubblicare.

Dovevo solo presentarmi al dipartimento cultura con una bozza e loro si sarebbero occupati del resto. Preparai un CD con il libro in PDF e gli feci una copertina molto figa che sembrava la copertina di un DVD. Dentro era tutto ben organizzato: il testo in PDF, le immagini numerate e un dossier molto dettagliato. Mi dissero che mi avrebbero chiamato, ma passarono alcuni giorni e poi settimane e mesi, la campagna elettorale era finita e, anche se tutto sembrava uguale, non ricevevo alcun segnale. Chiamai per telefono e l'assessore alla cultura ormai non poteva mai parlarmi, era sempre molto impegnata e non poteva ascoltarmi. Mi raccontarono che avevano rubato il CD, dato che la copertina era così bella qualcuno doveva aver pensato che si trattasse di qualche novità audiovisiva. Gliene preparai uno nuovo e di nuovo me ne andai per farlo pubblicare. Ancora una volta passarono giorni e mesi, finché decisi di chiamare:

- Avranno perso la bozza o gliel'avranno di nuovo rubata?

Ora, a diversi mesi dalle elezioni, nessuno mi conosceva, nessuno sembrava sapere o ricordare nulla, finché finalmente parlai con il direttore della cultura:

- Quest'anno abbiamo già speso tutto il budget culturale! Riprova l'anno prossimo...

Che riprovassi l'anno prossimo, come se partecipassi a una lotteria...
Mi spiace, ma a me i giochi non piacciono!

All'epoca fu la mia casa editrice a volerlo pubblicare, avevo già fatto diverse presentazioni e mi invitavano a tenere conferenze. Quella che ricordo meglio fu la prima in un paesino di León, Soto de la Vega. Mi pagarono viaggio e hotel, mi invitarono a pranzo e a cena, tutto il paese si prodigò per me, mi trattavano come se fossi un'autorità. Dopo ce ne furono molte altre, non solo mi invitavano, mi pagavano anche.

Come dice il detto nessuno è profeta in patria; ma grazie a Dio, uscendo fuori e viaggiando un po' ci conquistiamo tutti l'ammirazione.

...No one is a prophet in their own land

Nobody talks about my new novel

Capitolo 5

SOLO POCHI GIORNI FA, ho potuto leggere sulla stampa una dichiarazione insolita. La scrittrice Lucía Etxebarría, vinta dalla pirateria:

Non ci dedicherò più tempo, non sprecherò tre anni della mia vita lavorando a più libri, che qualsiasi anima nera può scaricare illegalmente da Internet.

Eppure esiste ancora l'assurda idea di pensare che se si scaricano mille libri gratuitamente, sono mille libri in meno che si venderanno. Ma questo ha un fondo di verità? Già prima dell'era digitale esistevano le biblioteche... Perché allora si compravano i libri, se chiunque poteva leggerli in una di esse?

Ricordo bene quell'epoca, poiché non sono passati molti anni da quando i computer si connettevano a malapena alla rete e servivano solo per giocare agli sparatutto su uno schermo fosforico. Io scrivevo i miei romanzi e, naturalmente, se volevo che qualcuno li leggesse, dovevo stamparli su carta. Allora iniziava il calvario, mandare i manoscritti alle case editrici era un lavoro arduo, lento e molto costoso; partecipavo anche a concorsi letterari, di questi è meglio non parlare troppo, dato che sembra che non abbiano ancora sentito parlare del formato PDF, tanto meno dei libri elettronici, e continuano a chiedere i romanzi in duplicato, triplicato e perfino quadruplicato, ovviamente su un solo lato, a doppia spaziatura e rilegato: non costa solo una fortuna preparare la spedizione, soprattutto nel mio caso, che sono uno scrittore ostinato e per alcuni concorsi ho presentato diversi libri; inoltre, non mi fa per niente piacere che per ogni partecipante a uno di questi concorsi si debba abbattere un albero, tagliarlo e tritarlo per trasformarlo in carta. Erano tempi difficili se volevi che ti leggessero, in un modo o nell'altro era una questione di soldi, non di dedizione o cura. Il più facile era rovinarsi se si voleva far arrivare il proprio libro. Così, dopo aver passato più di dieci anni a inviare le mie bozze a concorsi e case editrici, decisi di pubblicare il mio primo romanzo a mie spese e a mio rischio. Una piccola casa editrice si occupò della pubblicazione finanziata, naturalmente, con i miei soldi. Apparve così il mio primo romanzo La Reliquia "sul mercato" senza distributore, passarono diversi mesi e non era uscito dal magazzino. Come la maggior parte degli scrittori esordienti, ora dovevo fare io da distributore e venditore. Il mio sogno di vedere il mio romanzo sugli scaffali de El Corte Inglés svanì, andò in frantumi quando la casa editrice mi diede due scatole con l'intera tiratura. "Riuscimmo a farli apparire nelle librerie La Casa del Libro, anche se la pubblicazione mi costava dieci euro a copia e si vendeva a diciotto, io come autore percepivo solo otto euro: perdevo due euro per ogni libro venduto, quindi più libri si vendevano nelle librerie, più mi impoverivo". Ma io ero disposto a far leggere il mio romanzo alla gente, così chiesi in una tipografia e, facendo un prestito, mi indebitai fino al collo. Questa volta feci davvero una bella tiratura, mucchi di scatole, migliaia di libri, adesso affollavano casa mia. La prima cosa che feci fu chiamare le biblioteche, donandoli a tutte. Poi caricai sempre una scatola nel baule della macchina e il mio abbigliamento si completava con uno zaino viola. Lo regalavo a tutti quelli che incontravo, e riuscii anche a vedere il mio romanzo negli scaffali delle librerie e dei grandi magazzini dove facevo acquisti, anche se non in modo del tutto ortodosso "Era ciò che finii per denominare comparsa miracolosa di libri". Entravo ne El Corte Inglés con diversi libri nascosti nella borsa a tracolla e li depositavo in un buon posto, dove tutti potessero vederli passando. Vedere il mio romanzo lì, circondato dai libri più venduti, mi faceva sognare...

Ma fu in questo modo analogico che la gente cominciò a leggermi, non solo mi leggevano, mi scrivevano e perfino mi telefonavano. Gli utenti delle biblioteche commentavano il mio romanzo e lo consigliavano. Finalmente ero riuscito a farmi leggere le mie opere. Oggi grazie a Internet tutti possono scaricare i miei romanzi gratuitamente, non è più necessario il supporto cartaceo e neppure rovinarsi per farti leggere. Ogni giorno vengono scaricati migliaia di volte i miei libri grazie a Internet.

Su Google Libri e su molti altri siti web si possono leggere e scaricare gratuitamente i miei romanzi.

CLOSE-UP OF LUCÍA ETXEBARRÍA'S FACE, LOOKING DETERMINED, WITH A SLIGHT FROWN AND A FOCUSED
MID-SHOT OF LUCÍA ETXEBARRÍA TYPING ON HER

LUCÍA ETXEBARRÍA IS SEEN FROM BEHIND, LOOKIN
MID-SHOT OF LUCÍA ETXEBARRÍA, LOOKING DIRECTLY AT THE READER, A DETERMINED AND STRONG EXP

I SPENT YEARS TRYING TO GET PUBLISHED

BUT RECEIVED NOTHING BUT REJECTION

UNTIL I TOOK MATTERS INTO MY OWN HANDS

AND FOUND SUCCESS ONLINE

Capitolo 6

Cose che non devi fare se vuoi diventare uno scrittore...
...Dislessia

NON RIESCO A IMMAGINARE niente di peggio che essere dislessico se vuoi diventare uno scrittore. Già agli esami di matematica bocciavo per gli errori di ortografia. Decisi di abbandonare gli studi o meglio, mi costrinsero a deciderlo.

C'è ancora chi pensa che quello che mi serve è leggere e scrivere!

Anch'io fui dello stesso parere: dai quindici o sedici anni, tutti i giorni leggevo quanto potevo e scrivevo e riassumevo. Ho scritto più di dieci libri eppure non so dire se nube si scrive con la b o con la v.

Dicono che la maggior parte delle lingue seguano gli stessi schemi, poiché la nostra mente, come quella di quegli esseri umani primitivi, associa immagini e suoni. Prima furono disegni, più tardi simboli, parole e lettere. In modo che una cosa grossa, morbida e rotonda si potrebbe chiamare "BUBU" e una cosa appuntita con molte punte "KIKI", e questa è una regola generale nella maggior parte delle lingue...

Ma cos'è successo in Spagna: i Romani da una parte, dall'altra Vichinghi e dal basso Arabi e Africani; il tutto interpretato dai primi scribi, monaci cristiani.

In totale, per il mio cervello primitivo è impossibile trovarci un senso:

Colore bianco, bianco si scrive con la b E cos'è più bianco della neve? "NIEVE" al mio cervello piace di più, oltre che bianca è soffice e morbida. Questo è solo l'inizio... Abbiamo vento e vela, una barca a vela che naviga nel vento "BARCA" barca suona meglio con la v.

E c'è solo il conflitto tra b e v, poi abbiamo la h, la g o j, la x...

Inoltre, da quando a otto anni ho cominciato a studiare inglese, ti rendi conto che qualcosa non funziona bene: il mio cervello?

A quanto pare ci sono molte persone con il mio stesso problema: Bill Gates, Tom Cruise, perfino Barack Obama e non se la sono cavata poi così male, certo senza dimenticare che non sono spagnoli altrimenti qui non ci avrebbero fatto superare le elementari.

MENO MALE CHE ORA HO il PC e con i geni di Google posso perfino scrivere in chat, usare Twitter, Facebook, avere un blog e un sito web. Creai quindi l'associazione degli scrittori analfabeti "Associamento degli Scrittori Analfabeti" e rimasi sorpreso nel vedere che siamo in molti, più di centinaia, migliaia...

Ora so che non importa quanto legga o scriva, mi considererò sempre analfabeta. Ma non un analfabeta qualsiasi... Sono uno scrittore!

I can't find the exact word
there are times when everything seems to be in chinese
So my primitive brain cannot make sense of it
I can't imagine anything worse than being dyslexic if you want to be a writer

Capitolo 7

Cose che non devi fare se vuoi diventare uno scrittore...
...Se non leggi il mio libro ti cancello da Facebook

- NON SAPEVO CHE FOSSI uno scrittore! - Mi dice uno dei miei amici su Facebook...

Gli invio da più di cinque anni inviti alle mie presentazioni, gli attacco tutte le novità sui miei libri e perfino promozioni video.

- Ma se metti sempre che parteciperai ai miei eventi e clicchi Mi piace su tutti i miei scritti, foto e documenti.

- Mi dispiace, non sapevo che avessi scritto un libro...

- Ma se ne ho scritti già dieci...! Puoi anche non leggere le prefazioni, ma almeno le copertine le devi aver viste!

- Pensavo fossero film... A me non piace leggere...

Ci vuole coraggio, questo mi segue da anni, mi lascia ogni giorno un commento con la sua posizione e localizzato tramite GPS dal McDonald's, dal Burger King o da un bar, e addirittura mi ha inviato più di cento richieste per farmi una fattoria... e adesso risulta che non ha nemmeno letto il mio profilo, dove c'è scritto che sono uno scrittore, o non si è accorto che segue un blog letterario.

A questo punto, salta fuori:

- Perché mi hai aggiunto su Facebook?

- Scusa, ma sei stato tu a seguirmi, sono anni che non invio più richieste di amicizia.

Tra l'altro, la posta si riempie di richieste di ammissione, perlopiù ragazzi in biancheria intima. Non importa che sia Twitter, Facebook o un social network professionale. E non pensate male, mi riferisco a quelli professionali, lavorativi, aziendali; non a quelli per incontri sessuali...

EVVIVA LA MANIPOLAZIONE, quelli di Facebook esagerano, ormai non posso nemmeno rispondere agli amici che mi fanno gli auguri per il compleanno: clicco Mi piace sui loro commenti e mi dice che non ho permessi sufficienti per farlo... L'era dell'informazione, dove tutti possono esprimere la propria opinione... Beh, meglio che la tua opinione sia positiva, altrimenti ti marchiano subito come spam e ti chiudono l'account. Non c'è manipolazione più grande, né sistema più capitalista e fascista di quello applicato sui social network. Pagando puoi comprarti un milione di follower su Twitter o Facebook e se sei povero non puoi nemmeno ringraziare chi ti fa gli auguri per il compleanno.

Sta arrivando all'assurdo più assoluto: avere un blog su Internet chiamato I miei libri di Francesco Angulo e se pubblico una recensione me lo chiudono per spam, si può parlare solo del tempo, di Mafia Wars, di Farmville 1 e 2, e di quanto canta bene Lady Gaga.

Quindi a volte è meglio spegnere il computer e sedersi su una poltrona. Mettersi a leggere un bel libro come Il Fiutatore e bere un buon tè o caffè.

P.S. Per favore, non inviatemi più richieste di amicizia da profili falsi con foto di top model e smettete di riempirmi la posta con email in cui qualcuno vuole farmi suo erede, so già che avete bisogno solo del mio numero di conto per versarmi l'eredità...

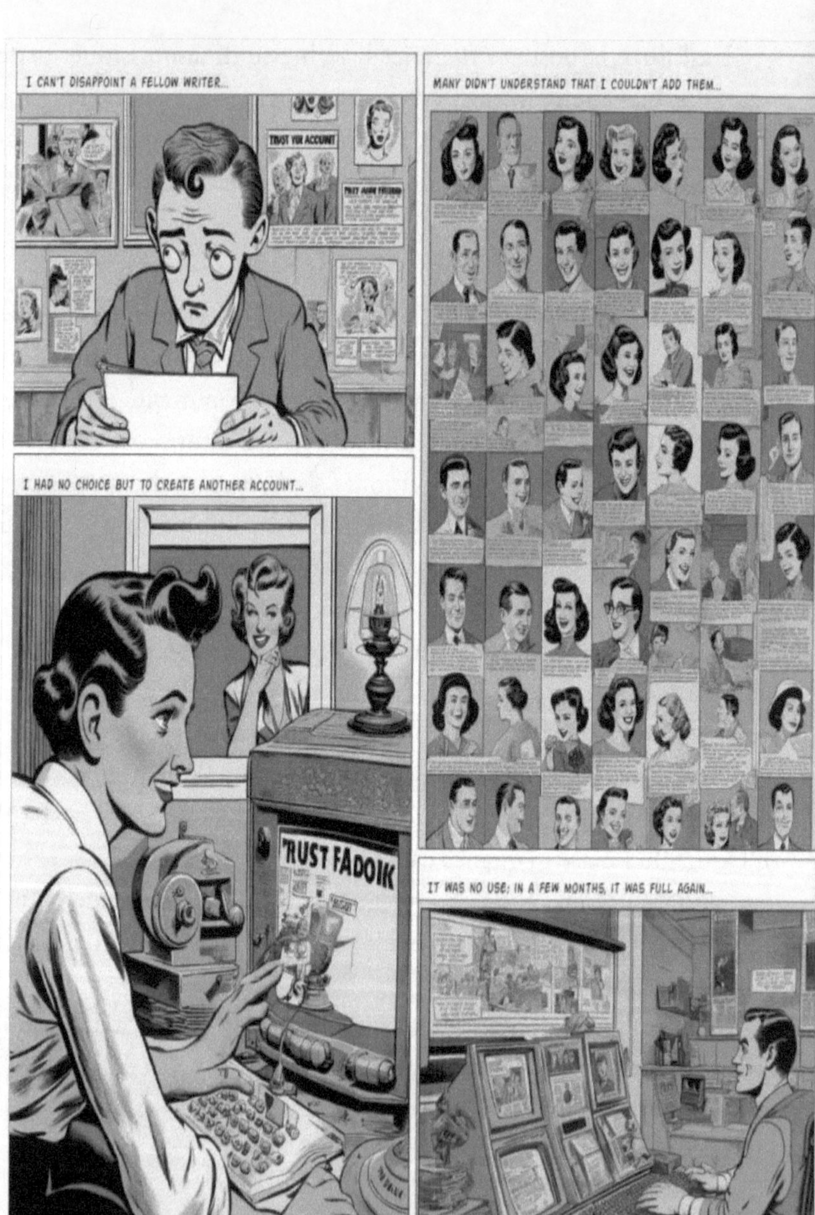

I CAN'T DISAPPOINT A FELLOW WRITER...
I HAD NO CHOICE BUT TO CREATE ANOTHER ACCOUNT...
MANY DIDN'T UNDERSTAND THAT I COULDN'T ADD THEM...
IT WAS NO USE; IN A FEW MONTHS, IT WAS FULL AGAIN...
'RUST FADOIK

DON'T WAIT FOR INSPIRATION TO STRIKE.
DON'T TRY TO READ EVERYTHING.
DON'T WAIT FOR THE PERFECT IDEA.
JUST START WRITING.

Capitolo 8

Un tempo, per essere considerato uno scrittore bastava scrivere un racconto: vedi la Bibbia...

Poi, con l'avanzare della conoscenza e della cultura, nacquero gli scrittori di un solo libro: ce ne sono un mucchio nel nostro paese... Non molti anni fa iniziarono con le trilogie: per essere uno scrittore non bastava scrivere un mattone, bisognava pubblicare una saga di grossi e voluminosi tomi. E ora nell'era digitale, se scrivi dieci o venti romanzi, al massimo puoi aspirare a essere definito mezzo scrittore...

- Ma hai scritto un libro? Firmamelo per favore!

- Ne ho scritti già più di dieci. - Risposi dedicandogli l'esemplare.

Si trattava di un conoscente che fece la sua comparsa a una riunione di famiglia. A volte uno ama un po' vantarsi, anche regalando un libro a un parente...

- Di cosa parla la storia?

- La Reliquia è il primo romanzo che pubblicai, nel 2006, un racconto di avventura in ambito fantascientifico, anche se contiene molto umorismo e qualche storia d'amore...

Commentavo il libro mentre vi apponevo la mia firma sotto una breve dedica.

- È un libro vecchio ormai, adesso scrivo qualcosa di meglio, con uno stile più raffinato, meno fantascienza e un po' più di azione; ma sempre con un messaggio di fondo, credo che l'essenziale sia avere qualcosa da raccontare...

Come al solito fece mostra di essere un accanito lettore. Mi fido sempre più della gente che chiede: quando esce il film..?

Come dice un mio amico, in questo paese tutti scrivono e nessuno legge.

- Vede, questo mio nipote è mezzo scrittore! - Disse mia nonna, rovinando il mio tentativo di stupire. Tutto il mio entusiasmo in un pozzo!

DOVE SONO FINITI QUEI tempi in cui per essere uno scrittore bastava scrivere un racconto e inoltre ti proclamavano santo?

I CAN'T BELIEVE HOW MANY BOOKS I HAVE.
I'VE RUN OUT OF SPACE.
I'VE FILLED MY BACKPACK TO THE BRIM.
BUT NO ONE SEEMS INTERESTED IN READING.

Capitolo 9

COME LA MAGGIOR PARTE degli scrittori giovani, per anni ho provato a far pubblicare qualcuno dei miei libri da qualche grande casa editrice. Disperato e deluso nel ricevere sempre la stessa risposta, un copia-incolla senza la minima attenzione, tentai di farmi conoscere attraverso Internet.

I libri elettronici erano qualcosa di strano, un aggeggio nuovo e misterioso, che nessuno sapeva bene come far funzionare, regolare luminosità e contrasto per non affaticare la vista...

Resistetti due ore di fila a leggere in quello schermo insulso, un aggeggio con display TFT, dove si poteva leggere solo in txt, con lettere tremolanti, sfocate, annebbiate e stressanti. Dopo, nausea e vomito; quel maledetto marchingegno doveva essere sponsorizzato da ottiche San Gabino, Visionlab o dagli occhiali di legno della zia Manuela, più li usi più diventi cieco.

In realtà non si poteva usare più di venti minuti senza tenerlo collegato alla rete, la batteria aveva meno energia di una pila stilo. Chi comprerebbe un libro del genere a 600€? Quattro nerd pazzi...

Ma ecco arrivare Amazon, presenta il suo Kindle e inoltre lo puoi scaricare gratis per PC, tablet e smartphone. Io caricavo da anni i miei libri su blog e siti web, ma serviva a poco se non avevi un buon reader compatibile.

I buoni negozi di ebook erano quelli de La Casa del Libro, Fnac o El Corte Inglés, e ovviamente se non avevi il supporto di una grande casa editrice non ti facevano entrare. Il club esclusivo dei grandi letterati e delle loro celebri opere, lascito dell'umanità: Harry Potter, Il Codice Da Vinci e qualche altro titolo di autore spagnolo, previa modifica del nome con uno pseudonimo per sembrare inglese.

- Se vuoi vendere libri, la prima cosa è cambiarti il nome, nessuno comprerà un romanzo di uno che si chiama Angulo... - Questo mi disse un editore, ovviamente gli mandai a quel paese.

Chi l'avrebbe detto, piano piano sempre più lettori passavano ai libri elettronici, e io, non avendo nulla di firmato con Planeta, potevo abbassare il prezzo o perfino regalarli se mi andava. Da un giorno all'altro mi ritrovai tra i più venduti, nella Top 10 di Amazon, e non ci crederete, ora sono le case editrici che mi scrivono, cercando di ricavare qualcosa dalla situazione.

- No, non sono tedesco, inglese, americano o francese, sono di qui, di un quartiere povero di Madrid!

These are new times!

Do it yourself

From the oven to the table

Ebooks are in fashion

I THOUGHT YOU GUYS WERE MY FRIENDS

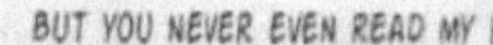

BUT YOU NEVER EVEN READ MY B

AND YOU DIDN'T SHOW UP TO MY B(

I GUESS I CAN'T COUNT ON YOU GUYS AFTER ALL

Capitolo 10

Cose che non devi fare se vuoi diventare uno scrittore...
...Fidarsi degli amici di Facebook

Devo essere uno dei primi ad avere un account su FB, pensai che essere uno scrittore sarebbe stata una buona ragione. In poco tempo cominciarono ad arrivarmi le richieste di amicizia, scrittori, poeti, narratori ed editori; non potevo dire di no a nessuno...

Nel primo anno avevo già il profilo stracolmo, arrivai a cinquemila contatti e non potevo più accettarne nemmeno uno. Cosa faccio ora? Non posso fare un torto a un collega scrittore. Molti non capivano che non potevi aggiungerli, pensavano fosse qualcosa di personale, quindi non mi restò altro che creare un altro profilo, il numero 2, cosa completamente illegale secondo Facebook. Non servì a niente, in pochi mesi era di nuovo strapieno, e fui costretto ad aprirne un altro...

Ho sette profili, in totale circa 30.000 contatti e guarda caso se faccio una presentazione, più di mille cliccano Accetto e Conferma, ma poi di quei mille non si presentano nemmeno in due.

Tutti mi affiggono la pubblicità dei loro libri, e c'è ancora qualche costruttore distratto che vuole sponsorizzare le sue case; come se non avessimo già abbastanza debiti, per ipotecarci ancora di più. Carico un libro sul mio sito web, su Wattpad, Amazon, ecc., a tutti mando il link per il download GRATUITO e metto ben evidente È GRATIS, ebbene, nonostante questo non lo scarica nessuno.

Allora mi misi a parlare con uno degli illustri scrittori dei tanti presenti sui miei social.

- Cosa ne pensi del mio romanzo Compagnia N°12? Ti sarei molto grato se potessi farmi una piccola recensione. Le opinioni degli altri, buone o cattive, ci aiutano sempre a migliorare...

- Mi dispiace, io sono un produttore non un lettore, scrivo soltanto, ho già avuto abbastanza con i libri che mi hanno obbligato a leggere alle elementari. - E finì lì.

Ho già detto che vengo da un quartiere povero, non ho molti soldi e inoltre sono un po' dislessico, non posso comprarmi molti libri, anche se ogni tanto ne arriva qualcuno, sono più un lettore di biblioteca o di scambio, trovo sempre qualche amico con cui scambiare i miei libri. Molto spesso ho comprato qualcosa al mio amico Hugo, libri usati bancarella 17 a Plaza de las Comendadoras.

Mi è sempre piaciuto molto leggere e scrivere, e si sa: se vuoi scrivere bene, devi leggere anche molto.

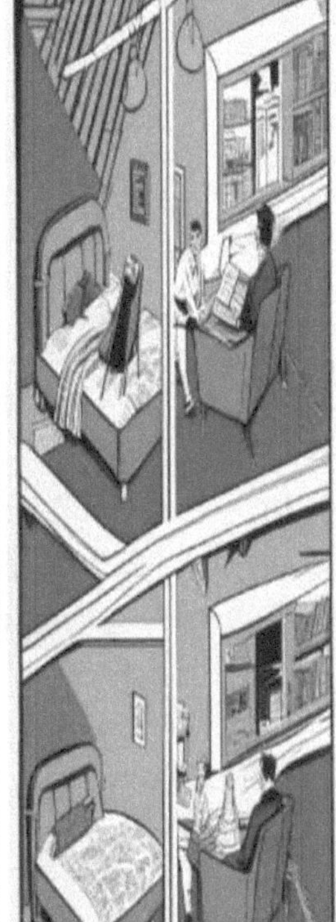

I GUESS I CAN'T COUNT ON YOU GUYS AFTER ALL

43

Capitolo 11

Cose che non devi fare se vuoi diventare uno scrittore...
Un ladro colto

ERA UNA SOLEGGIATA mattina di primavera e decisi di andare a leggere al Parco del Retiro di Madrid. Mi sedetti su una panchina sotto un grande albero e iniziai a leggere uno dei miei romanzi preferiti, L'ombra del vento di Carlos Ruiz Zafón.

Dopo un po' mi alzai e lentamente presi a camminare lungo il sentiero continuando a leggere, completamente assorto nella storia, quando all'improvviso un giovane mi si avvicinò da dietro, mi strappò il libro dalle mani e scappò via di corsa.

"Ehi, fermati! Riddammelo!" gridai invano dopo di lui.

Cercai di inseguirlo per un isolato ma era troppo veloce. Non riuscivo a credere che qualcuno mi avesse rubato il libro in pieno giorno.

Deluso, tornai al parco, scuotendo la testa per quel bizzarro episodio. Chi ruba un romanzo in mezzo a un parco? Era un lettore appassionato attratto dal libro? Un accanito collezionista di prime edizioni?

Dovevo sorridere al pensiero che almeno si trattava di un ladro colto che apprezzava il valore di un buon romanzo, non solo del mio portafoglio o telefono. Forse un giorno sfogliando i libri in una libreria ne avrei trovata una copia consunta e familiare, portata lì per essere venduta dal mio letterato criminale.

Speravo solo che apprezzasse il libro tanto quanto me e che gli ispirasse l'amore per la lettura, se non il promemoria che rubare è sbagliato, non importa quanto fine sia la letteratura. Decisi di vedere il lato positivo - grazie a quel ladro, ci sarebbe stata una persona in più ammaliata dalla magia dei libri.

AND THE NIGHT GETS MESSIER   UNTIL THE NIGHT TAKES A TURN

Capitolo 12

Cose che non devi fare se vuoi diventare uno scrittore...
Il mio amico più giovane ha 80 anni

Quando avevo 17 anni, mi interessai molto alla letteratura e alla scrittura. Ero impaziente di entrare in contatto con altri scrittori, così decisi di unirmi a un'associazione letteraria locale che si incontrava ogni venerdì pomeriggio in un caffè nel centro di Madrid.

Ero piuttosto nervoso quando entrai la prima volta nel caffè per la riunione. Diedi un'occhiata in giro cercando persone della mia età, ma con mia sorpresa, la persona più giovane sembrava avere almeno 80 anni!

Il moderatore del gruppo, un anziano signore di nome Eduardo con un impressionante baffo bianco, mi diede un caloroso benvenuto. "Entra, entra, giovanotto! Così felice che tu possa unirti a noi."

Gli altri scrittori si voltarono a guardarmi, alcuni scrutandomi al di sopra degli occhiali con curiosità. Erano una folla di anziani signori con maglioni, bretelle e cappelli da giornalaio. E le signore avevano i capelli raccolti in curati chignon, stringevano borsette ricamate e indossavano scarpe nere senza tacco. Cominciai a chiedermi in cosa mi fossi cacciato.

Eduardo mi presentò brevemente al gruppo, poi proseguì con la riunione. Ognuno lesse qualcosa che aveva scritto, dalle poesie ai racconti alle capitoli di romanzi in corso.

Quando arrivò il mio turno, lessi un racconto breve al quale stavo lavorando su un ragazzo e le sue avventure in un'estate. La scrittura era da dilettante, ma avevo fatto del mio meglio.

Quando finii, il gruppo batté le mani educatamente. "Molto fantasioso", disse Eduardo annuendo.

Una signora anziana di nome Isabel intervenne. "Continua a lavorare sulle tue descrizioni. Hai talento per la narrazione."

Fui toccato dalle sue gentili parole. Nelle settimane successive, più tempo passavo con il gruppo, più mi sentivo a mio agio. Sebbene di diversi decenni più grandi, mi trattavano come un pari e offrivano un feedback ponderato per aiutarmi a rafforzare le mie capacità di scrittura.

Eduardo in particolare mi prese sotto la sua ala. Prima di ogni incontro, chiacchieravamo di famosi autori e dei nostri libri preferiti. "Mi ricordi me stesso da ragazzo," mi disse strizzando l'occhio. "Da giovane, non riuscivo a stare un giorno senza scrivere."

Un venerdì dopo le critiche, Eduardo mi invitò a prendere un caffè con lui in un bar lì vicino. Mi raccontò della sua vita - di come avesse scritto incessantemente nei suoi 20 e 30 anni mentre lavorava in ufficio. Aveva sogni di diventare uno scrittore professionista, ma non si era mai realizzato.

"Ho lasciato che la vita si intromettesse," disse con tristezza, fissando il suo caffè. "Matrimonio, figli, lavoro - occupavano tutto il mio tempo. Prima che me ne rendessi conto, ero in pensione e non avevo scritto nulla per oltre 40 anni."

Avvertii la sua amarezza e il suo rimpianto. Ma negli ultimi mesi, aveva ricominciato a scrivere. "Fa bene nutrire di nuovo quella scintilla creativa," disse.

Parlammo per quasi due ore. Mi sentii grato che questo scrittore esperto mi avesse preso sotto la sua ala e condiviso con me la sua saggezza.

Alla fine della conversazione, Eduardo mi batté una mano sulla spalla. "Non commettere i miei stessi errori," mi consigliò. "Custodisci la tua passione per la scrittura finché sei giovane. Non lasciare che ti sfugga."

Le sue parole rimasero impresse in me. Nei due anni successivi, la società letteraria divenne per me un'importante comunità creativa. Strinsi profonde amicizie con persone di oltre settant'anni più grandi di me, ma non si comportavano affatto come tali. Condividevamo la passione per le parole e l'immaginazione, criticandoci reciprocamente le opere con intuizione e tatto di settimana in settimana.

Fu da loro che imparai a non scoraggiarmi per i rifiuti - Isabel ci raccontò di come avesse tappezzato il suo studio di lettere di rifiuto prima di essere finalmente pubblicata. Luis descrisse di aver combattuto nella guerra civile spagnola per poi scrivere poesie nei momenti di quiete al campo. Le loro esperienze di vita davano risonanza alla loro prosa e poesia, cosa che un giorno speravo di emulare.

Sebbene i membri ruotassero nel tempo, rimasi con la società letteraria per tutti gli anni del college. Eduardo continuò a farmi da mentore finché morì, quando avevo 21 anni. Partecipando al suo funerale, avvertii il profondo impatto che aveva avuto sulla mia vita.

Quel giorno, Isabel mi prese da parte, asciugandosi gli occhi con un fazzoletto. "Eduardo ti considerava come il nipote che non aveva mai avuto", mi disse. "Continua a renderlo orgoglioso."

Due decenni dopo, penso ancora a Eduardo e agli altri scrittori che accolsero un ambizioso adolescente nel loro circolo letterario del venerdì. Mi insegnarono a prendere sul serio la mia scrittura, lavorare duramente sul mio mestiere e non perdere mai di vista la mia passione. La loro saggezza e incoraggiamento mi lanciarono nel mio percorso per diventare un autore pubblicato. Ora, quando incontro giovani scrittori emergenti, provo a ricambiare la gentilezza che un tempo fu dimostrata a me, ricordando gli amici letterari che credettero nelle mie potenzialità quando stavo appena iniziando.

AGED BARD, SOUL AFIRE, SPEAKS FROM THE HEART, VOICE A BURNING
ECHOES OF APPLAUSE, A SYMPHON

A SINGLE SOUL, LOST IN THE VER
THE POET, A SILENT NOD, ACKNOWLEDGES THE PRAISE, HUMBLED, A GE

A SINGLE SOUL, LOST IN THE VERSE, FINDS SOLACE

THE POET, A SILENT NOD, ACKNOWLEDGES THE PRAIS

Capitolo 13

QUEI VENERDÌ POMERIGGIO al caffè letterario con i miei colleghi scrittori erano tra i miei ricordi più cari dell'adolescenza. In superficie, dovevamo sembrare proprio un gruppo bizzarro - un ragazzino seduto attorno a un tavolo con autorevoli signori e signore anziani, i loro maglioni e occhiali in contrasto con la mia maglietta e jeans.

Quando iniziarono gli incontri, i miei colleghi più maturi mantenevano un'aria di seria formalità. Facevamo educati discorsi intellettuali su prosa e poesia mentre sorseggiavamo tè o caffè. Ma con il passare delle settimane, iniziò a emergere un altro lato dei miei nuovi amici.

Cominciò quando Luis ordinò una Clara. "Una cosa?" chiesi, confuso da quella parola spagnola che non riconoscevo.

"Oh, è birra chiara mischiata con limonata," spiegò Eduardo strizzando l'occhio. "Perfetta per giornate calde come questa".

Ben presto anche gli altri chiesero delle Clare e l'atmosfera si fece più rilassata. La conversazione deviò dalle metafore e le immagini al vivace pettegolezzo e alla battuta. Si raccontarono barzellette, si rivelarono segreti, si descrissero avventure passate. Si continuò a parlare di scrittura, ma con meno formalità e più brio.

In un venerdì di maggio eccezionalmente caldo, gli ordini di Clara fioccavano senza sosta. I bicchieri vuoti venivano ritirati e immediatamente sostituiti da pieni su cui scendevano gocce di condensa. Io rimasi alle mie Coca, divertito nel guardare i miei amici che con l'alcol si animavano sempre di più.

Alle otto, l'ora in cui di solito concludevamo, nessuno fece una mossa per andarsene. Luis si alzò improvvisamente in piedi sulla sedia e annunciò che avrebbe recitato una poesia composta quella mattina. La poesia era audace ma ingegnosa, costellata di ammiccanti doppi sensi che fecero sbellicare tutti dalle risate.

Toccato il turno a Isabel, che balzò in piedi sulla sedia e attaccò a cantare a squarciagola una vecchia salsa. Dimenava i fianchi e girava lassù, senza sbagliare una parola nonostante l'ebbrezza. Tutti battemmo le mani e urlammo, riconoscendo che aveva una voce da donna la metà dei suoi anni.

Per non essere da meno, Eduardo si alzò per cantare "Volver" in un struggente, tremolante tenore e commosse metà di noi. Seguirono molti applausi.

Mi resi conto che non erano le composte e mansuete pensionate che avevo dato per scontato all'inizio. Sotto i maglioni e gli occhiali battevano i cuori di spiriti bohémien amanti del divertimento, che in gioventù avevano pubblicato poesie, festeggiato nei cabaret e vissuto vite piene di drammi. Essendo scrittori, di storie da raccontare ne avevano!

Il circolo assunse l'atmosfera di una festa, quasi uno spettacolo di varietà in cui ogni membro si esibiva mostrando il proprio talento. Con il proseguire della serata emergevano abilità nascoste. Luis era un pittore incredibile, Isabel imitava alla perfezione la voce di ogni celebrità, Eduardo aveva viaggiato per il mondo lavorando sulle navi nei suoi primi vent'anni.

Intorno a mezzanotte, il gruppo chiassoso si placava gradualmente. Il canto e il ballo si attenuavano mentre alcuni si appisolavano e altri si perdevano in tranquille riflessioni, con un sorriso sulle labbra. A quel punto, il personale del caffè non si prendeva più la briga di suggerirci di andarcene. Ci lasciavano stare finché volevamo, questo clan di anziani scrittori e la loro mascotte adolescente.

Durante il viaggio di ritorno in metro nel cuore della notte, mi meravigliavo della inaspettata dualità dei membri della mia associazione letteraria. Che fortuna aver visto oltre la facciata composta e accademica che mostravano all'inizio, per conoscere gli spiriti liberi ed edonisti che erano dentro. La loro gioia di vivere era di ispirazione.

I nostri incontri rimasero vivaci celebrazioni della parola scritta mescolate a festeggiamenti, canti e risate. Man mano che mi sentivo più a mio agio, mi univo anch'io alle loro buffonate, alzandomi in piedi sulla sedia per condividere le mie sciocche poesie o leggere brani di assurdi racconti che avevo scritto.

Una sera, dopo aver letto un pezzo satirico sfacciato che fece ridacchiare tutti, sentii Eduardo esclamare affettuosamente dall'altra parte del tavolo: "Un altro giro di birre chiare e una Coca per il ragazzino!"

Nonostante i quattro decenni che ci separavano, il legame che condividevamo trascendeva l'età. Eravamo anime affini che trovavano un terreno comune attraverso la passione per la letteratura, la creatività e la convivialità.

THE PERKS OF BEING AN AUTHO   WHEN THE DRINKS KEEP FLOWIN   AND THE NIGHT GETS MESSIER

UNTIL THE NIGHT TAKES A TURN

MY NOVEL, FINALLY PUBLISHED!

WILL ANYONE ACTUALLY BUY IT?

FIRST SALE!

DREAMS DO COME TRUE!

Capitolo 14

Cose che non devi fare se vuoi diventare uno scrittore...
Una struttura da carpentiere

Sono ormai parecchi mesi che non scrivo più nulla, sono bloccato, è difficile da spiegare, è una sensazione di angoscia come un bruciore insistente che mi fa sentire soffocato. Dicono che sia la cosa peggiore che possa capitare a uno scrittore, non mi era mai successo prima, mai in vita mia mi ero sentito così disorientato. Mi alzo dal letto con la testa che ribolle, mi gira tutto, mi metto davanti al computer, ma mi è impossibile continuare a scrivere. Già agli inizi di giugno mi sentivo stanco, senza voglia di lavorare, completamente saturo. L'estate è terminata, è arrivato l'autunno e ormai inoltrato l'inverno continuo a essere bloccato. Leggo e rileggo, cercando un po' di ispirazione ma vedo soltanto la disperazione. Ieri sera: mentre sfogliavo un libro che mi avevano prestato, ho cominciato a sentire qualcosa, una tenue luce si è accesa e dalla pagina hanno cominciato a emergere parole e ancora parole, ero sicuro di vedere la struttura, di aver trovato un modello. Era possibile che si trattasse semplicemente di un'illusione? Con una matita ho evidenziato alcune parole, soprattutto quelle che aprono una frase e quelle che la chiudono, ma ho sottolineato anche le parole seguite da una virgola o da un altro segno di punteggiatura. In quel momento l'ho capito chiaramente, ne ero certo, non si trattava di passare per gli anelli, era più come seguire una struttura, pura carpenteria per concatenare la lettura, ipnotizzando in questo modo il lettore senza che potesse distogliere lo sguardo, tenendolo ammaliato.

In effetti, a ben guardare quel libro, nonostante fosse scritto in un italiano semplice e lineare, rivelava una sapiente costruzione dietro l'apparente naturalezza del linguaggio. Le frasi erano ben calibrate, con un alternarsi studiato di proposizioni lunghe, brevi, interrogative, esclamative, che donavano ritmo e movimento alla narrazione. I periodi più elaborati e ricchi di informazioni erano inframmezzati da frasi secche o brevi considerazioni, così da permettere al lettore una pausa per assimilare prima di riprendere il flusso.

Anche a livello della scelta delle parole si notava una cura attenta. Verbi forti e incisivi erano alternati sapientemente a espressioni più lievi e descrittive. Aggettivi e avverbi erano inseriti con parsimonia, solo quando indispensabili ad accentuare una sfumatura o un'emozione. Non c'erano orpelli superflui, o ridondanze che appesantissero il testo. La prosa scorreva liscia, i dialoghi erano vivaci e verosimili, la caratterizzazione dei personaggi efficace pur con pochi tratti mirati.

Era chiaro che dietro quel libro c'era la mano ferma di un artigiano della scrittura, capace di cesellare la lingua per creare una lettura avvincente e coinvolgente. Mi resi conto che per affrancarmi dal blocco e tornare a scrivere, dovevo riscoprire l'abilità del carpentiere: costruire una struttura solida su cui poi dipanare la trama. Immaginare il romanzo come un mobile antico ben assemblato, dove ogni parte ha un suo preciso incastro.

Nei mesi in cui ero rimasto impigliato nelle sabbie mobili della pagina bianca, avevo perso di vista l'importanza dell'ossatura. Mi ero concentrato ossessivamente sulla ricerca spasmodica dell'ispirazione, dimenticando che l'estro ha bisogno di forme ben definite per esprimersi compiutamente. La creatività è una fiammella preziosa ma vulnerabile: per librarsi in volo anziché spegnersi ha bisogno di una lanterna robusta, di una intelaiatura solida.

Ripresi in mano il mio romanzo interrotto. Lo rilessi con occhio critico, cercando i punti deboli strutturali. Capii subito qual era il problema: mancava un progetto chiaro. La trama serpeggiava senza una direzione precisa, i personaggi apparivano e scomparivano senza motivo, le descrizioni sovrabbondavano e appesantivano la narrazione anziché farla avanzare. Era un palazzo futurista tutto storto, con le colonne oblique e le travi di sostegno posizionate a casaccio.

Mi misi al lavoro per ridisegnare l'impianto. Per prima cosa tracciai lo scheletro dell'intreccio, i momenti chiave, la parabola emotiva del protagonista. Poi definii con cura ogni personaggio, dandogli una evoluzione coerente e motivazioni plausibili per le loro azioni. Infine, delineai il susseguirsi di ambientazioni, da quelle principali a quelle secondarie. Doveva essere un progetto semplice ma solido, essenziale.

Una volta eretta la struttura portante, potei finalmente iniziare a murare la storia mattone dopo mattone. Scelsi con ponderazione le parole, limai le frasi in cerca del ritmo migliore, trovai il giusto equilibrio fra dialogo e descrizione. Il lavoro procedeva metodicamente, senza fretta. Ogni particolare veniva cesellato con pazienza per trovare la sua collocazione ideale all'interno dell'insieme.

Man mano che il romanzo prendeva forma, l'ispirazione tornava a fluire vivida. La creatività aveva ritrovato il letto su cui scorrere grazie agli argini eretti dalla struttura. Immagini e idee arrivavano copiose ora che avevano un contenitore solido in cui prendere forma compiuta. Scoprii il piacere di scolpire il linguaggio per esprimere esattamente un'emozione, di trovare la similitudine giusta per accendere l'immaginazione del lettore, di modulare il ritmo della frase per creare suspense o stemperare la tensione.

Dopo settimane di lavoro costante, conclusi l'ultimo capitolo con la soddisfazione di aver portato a termine un'opera coerente e ben costruita. Avevo ritrovato il gusto e l'entusiasmo per la scrittura grazie alla riscoperta dell'importanza dell'ossatura. Quella solida struttura da carpentiere che regge la facciata elegante della narrazione e le impedisce di sgretolarsi.

Ora potevo ricominciare un nuovo romanzo, forte di questa consapevolezza. Sarei partito ancora una volta da uno schema semplice ma robusto, un progetto chiaro a cui poi dar vita con pazienza. Avrei alternato momenti di cesello artigianale alla libertà di sognare e immaginare nuovi mondi possibili. Perché creatività e disciplina non sono nemiche, bensì alleate preziose per chi desidera trasformare emozioni e pensieri in parole che tocchino il lettore.

La mia crisi creativa si era rivelata un'opportunità di crescita. Avevo attraversato il deserto per riscoprire l'importanza di curare la struttura, proprio come un novello carpentiere. Ora potevo proseguire il mio viaggio di scrittore con nuova consapevolezza, pronta ad affrontare altre sfide. La pagina bianca non mi spaventava più: vi avrei disegnato sopra ampi orizzonti e cieli stellati.

MY NOVEL, FINALLY PUBLISHED!

WILL ANYONE ACTUALLY BUY IT?

FIRST SALE!

DREAMS DO COME TRUE!

I GO TO SLEEP, HOPING FOR A DREAM THAT WILL

BUT MY DREAMS ARE UNLIKE ANYTHING I'VE EVER

SOMETIMES, MY DREAMS FEELS LIKE A NIGHTMAR

AND WHEN I WAKE UP, THE WORDS FLOW EFFORTL

Capitolo 15

...partecipando a concorsi letterari

Quando pubblicare un romanzo era pressoché impossibile, qualcuno mi suggerì che una delle migliori opzioni era partecipare a concorsi letterari...

- Ma come potrei mai vincere un concorso letterario? È fuori dalla mia portata, solo scrittori famosi e grandi letterati vincono quei concorsi.

- Prova con premi poco conosciuti! Dove non ci sono grossi premi in palio, ma il romanzo vincitore insieme ai due finalisti viene pubblicato e addirittura distribuito nelle biblioteche pubbliche di tutto il paese.

Certo, non ci avevo pensato... mi misi al lavoro. Innanzitutto iniziai a escogitare il mio piano. Cercai i concorsi più sconosciuti, quello di "Villa Perduta" e quello di "Paese senza Nome". Inoltre verificai che accettassero solo romanzi di un genere specifico, nel mio caso fantascienza. E come se non bastasse, che non ci fosse un limite di opere presentabili. Così investii tutti i miei risparmi in fotocopie e inviai non uno, non due, non tre, ma ben cinque romanzi diversi allo stesso concorso.

Per pura statistica dovevo per forza arrivare finalista. Nelle precedenti edizioni si erano presentati meno di venti manoscritti quindi io da solo ne possedevo il 25%.

Aspettai e aspettai, passarono mesi e non veniva mai proclamato un vincitore. Dopo quasi un anno, stanco di aspettare, decisi di chiamare il comune di Villa Perduta e chiedere l'esito del concorso.

Trattenni il respiro aspettandomi di sentire il mio nome tra i vincitori, ma questa fu la risposta che mi diede il sindaco:

- Ci dispiace comunicarle che il concorso è stato dichiarato deserto!

- Come? Deserto?

Voleva dire che tutti i manoscritti erano stati gettati nella spazzatura e non c'era nessun vincitore...

"E poi dicono che è l'impegno e non la fortuna a condurti al successo".

Beh, dato il fallimento di quel primo, goffo tentativo, non mi persi certo d'animo. La mia indole testarda mi spinse a riprovarci, stavolta meglio preparato e con una strategia più raffinata.

Innanzitutto ampliai la ricerca a concorsi letterari in tutta Italia. Mi procurai l'annuario dei premi letterari e passai settimane a spulciarlo, selezionando certami di piccole cittadine sperdute nelle valli più remote. Poi individuai quelli con montepremi irrisori ma che garantivano la pubblicazione dell'opera vincitrice. Infine, optai solo per quelli che accettavano romanzi di genere fantasy/fantascienza, il mio cavallo di battaglia.

Una volta scremati e selezionati una decina di concorsi che rispondevano ai criteri, passai alla seconda fase del piano: scrivere una valanga di romanzi da spedire. Avrei inondato quei poveri comuni di manoscritti finché la vittoria non fosse stata matematicamente inevitabile!

Per i sei mesi seguenti mi imposi un ritmo forsennato: sveglia alle cinque, scrivere senza sosta fino alle tre di notte, dormire quattro ore e via, di nuovo in sella. Avevo persino smesso di lavarmi per risparmiare minuti preziosi, tanto a chi importava se puzzavo come una vecchia scarpa. Produssi una quantità industriale di trame, personaggi e descrizioni, battendo sulla tastiera come un forsennato. Non revisionai nulla, non curai lo stile, dovevano solo essere abbastanza lunghi e rilegati. Li stampai, fascicolai alla bell'e meglio e li impilai in un angolo, pronti per essere spediti.

Dopo sei mesi avevo buttato giù la bellezza di 16 romanzi. Uno sproloquio inenarrabile, roba che perfino mia nonna ci avrebbe trovato la trama più convincente del mio solito sproloquio. Ma non avevo tempo per i ripensamenti: arrivati ai 100.000 battute, salvataggio, stampa e via col prossimo. Contavo sulla quantità per avere la meglio sulla qualità.

Finalmente, con le ultime energie rimaste, impacchettai gli scartafacci e li spedii ai concorsi selezionati, da uno a cinque manoscritti per ognuno. Ora non mi restava che attendere fiducioso la vittoria.

Passarono i mesi...luglio, agosto, settembre. Ogni giorno controllavo ossessivamente la posta in attesa del verdetto trionfale. Per ingannare l'attesa, fantastico sul titolo del comunicato stampa: "Sconosciuto scrittore sperimentale conquista tutta Italia"; "La nuova star della narrativa ha un nome: Angulo".

Ma nella cassetta delle lettere non arrivava niente, solo bollette ed estratti conto. Cominciavo a temere che si stesse ripetendo l'incubo dell'edizione precedente.

Finalmente, verso dicembre, ecco giungere le prime buste con i timbri dei vari comuni. Le apro freneticamente: ed ecco, sono le comunicazioni dei vincitori! Felicitazioni a...nessuno! I concorsi erano stati ancora una volta dichiarati deserti. Nessun premio, nessuna pubblicazione, solo un enorme spreco di carta, toner e francobolli.

Questa volta la delusione fu così amara che decisi di andare fino in fondo alla questione. Presi un treno e mi recai di persona in uno di quei minuscoli paesini di montagna dove si svolgeva il concorso. Piantai una tenda nella piazzetta del Comune e iniziai uno sciopero della fame per protesta. Dopo tre giorni che non toccavo cibo, il sindaco accettò di ricevermi.

Misi subito le cose in chiaro: "Lei può anche dichiarare il concorso deserto, ma sa che le mie 16 opere rappresentano il 92% dei manoscritti ricevuti quest'anno? Statisticamente è impossibile! Almeno una delle mie opere doveva per forza vincere."

Il sindaco si grattò la testa imbarazzato: "Vede, forse non lo sa, ma il nostro regolamento prevede che prima della proclamazione ufficiale del vincitore...beh...tutti i membri della giuria devono leggere i romanzi finalisti. E quest'anno, purtroppo...ecco...nessuno se l'è sentita di leggere cinquemila pagine delle sue opere."

"Cosa?! Ma allora perché hanno accettato la mia partecipazione?"

"Beh, le quote di iscrizione dei concorrenti sono una nostra importante fonte di guadagno. Se avessimo detto di no, il concorso sarebbe saltato. Ci dia almeno il tempo per cambiare il regolamento!"

Me ne andai sbattendo la porta, giurando che mai più avrei perso tempo con quei concorsi truffaldini. E invece, l'anno seguente, che cosa feci? Ricominciai da capo, con manoscritti nuovi di zecca. Perché in fondo, io e la testardaggine siamo proprio una cosa sola.

I COULDN'T BELIEVE IT. SOMEONE ACTUALLY RECOG

THEY ASKED ME FOR MY AUTOGRAPH!

I SIGNED THEIR BOOK WITH A PERSONAL DEDICATIO

THEY THANKED ME AND WALKED AWAY, STILL IN DISB

67

Sull'autore

F rancisco Angulo de Lafuente è uno scrittore spagnolo nato a Madrid nel 1976. Appassionato di cinema e letteratura fantasy, Angulo è stato fin da giovane un fan di scrittori influenti come Isaac Asimov e Stephen King. Questa passione per la fantascienza e il fantasy ha ispirato Angulo sin da piccolo a intraprendere la propria carriera letteraria, inviando racconti brevi a concorsi e competizioni.

A soli 17 anni, Angulo completò la sua prima grande opera letteraria - una raccolta di poesie originali. Determinato a farsi pubblicare, iniziò a proporre il suo materiale fresco a varie case editrici spagnole. Lungi dal lasciarsi scoraggiare dalle risposte pressoché tutte negative da parte degli editori scettici all'inizio della sua carriera, Angulo perseverò con tenacia, utilizzando le lettere di rifiuto come motivazione per continuare a migliorare la sua arte e creare nuove opere da sottoporre.

Nel 2006, un decennio dopo aver iniziato attivamente a perseguire la pubblicazione, Angulo pubblicò in proprio il suo romanzo di debutto "La Reliquia" - un racconto di fantascienza avventurosa che fu accolto positivamente dai lettori e contribuì a consolidare la reputazione di Angulo come autore emergente. Incoraggiato da questo primo successo, proseguì pubblicando progetti più ambiziosi attraverso diversi generi, cementando la sua versatilità come scrittore.

Nel 2008, Angulo pubblicò il saggio di non-fiction "Ecofa", che racconta le sue esperienze didattiche durante un innovativo progetto di ricerca incentrato sulla produzione di biocarburanti da rifiuti organici. Passando alla narrativa nel 2009, scrisse "Kira e la tempesta di ghiaccio" - un drammatico racconto che incorpora elementi fantasy, mistery e romance. Il 2010 si rivelò un anno particolarmente impegnativo ma produttivo per la scrittura di Angulo, dato che riuscì a completare il libro scientifico "Eco-fuel-FA" interamente in inglese insieme a diverse altre opere letterarie in spagnolo, tra cui l'antologia di racconti "Il meglio del 2009-2010", il fantasy "La leggenda di Tarazashi 2009-2010", il romanzo assurdista "Il fiutatore 2010" e il thriller romantico "Destinazione L'Avana 2011-2012".

Rimanendo prolifico nei primi anni 2010, Angulo continuò a pubblicare nuove opere di narrativa come il dramma distopico "Compagnia N°12", il macabro "Lázaro RIP 2013", il racconto di invasione aliena "Invasori L'invasione è iniziata 2014" e il romanzo horror "Freak Il circo degli orrori 2015". La sua produzione si ampliò anche per includere più romanzi storici di ambientazione romantica come "Un matrimonio gitano e un funerale scozzese 2016", avventura di guerra con "Fuggendo dall'inferno 2017", e dramma di formazione in "Stelle cadenti nel cielo d'estate 2018". Mostrando notevole coerenza, Angulo pubblicò il thriller di spionaggio "Comandante Valentina Smirnova" nel 2019, segnando oltre un decennio di diversificata produttività letteraria.

Oltre alla carriera di scrittore, Angulo ha dato contributi significativi nel campo della scienza ambientale. Come direttore del progetto Ecofa, è stato pioniere nello sviluppo di un innovativo biocarburante di seconda generazione derivato da batteri in grado di degradare sostenibilmente i rifiuti organici. Questa competenza scientifica si riflette nelle notevoli innovazioni tecnologiche e ipotetici avanzamenti futuri citati in molte delle opere di fantascienza di Angulo, che ricordano come leggendari autori come Jules Verne mescolassero conoscenze tecnologiche del mondo reale e immaginazione.

Con oltre una dozzina di romanzi che spaziano dal fantasy all'horror, dal romance ai thriller, Francisco Angulo si è dimostrato un autore versatile in grado di affascinare i lettori attraverso diversi generi. La sua perseveranza di fronte ai primi rifiuti e l'infaticabile etica del lavoro che gli consente di produrre più romanzi complessi ogni anno, dimostrano la determinazione e passione di Angulo per la narrazione. Unite alle sue realizzazioni scientifiche, gli hanno consolidato in Spagna la reputazione di contemporaneo uomo del Rinascimento e visionario speculativo che sta aprendo nuove strade sia nella letteratura che nella ricerca ambientale.

Sebbene Angulo abbia senza dubbio assicurato un posto tra i grandi della letteratura spagnola, il suo spirito indipendente e l'abbraccio delle nuove tendenze digitali suggeriscono che la sua carriera anticonvenzionale e la sua eclettica bibliografia continueranno ad evolversi in nuove direzioni. Ma sia che esplori mondi futuri o si dedichi alla narrativa storica, l'incredibile immaginazione e ambizione di Angulo rimangono costanti. Proprio come le sue prime ispirazioni letterarie, il coraggioso estro e la curiosità di Francisco Angulo offrono possibilità illimitate mentre avanza nel futuro, garantendo un impatto considerevole e duraturo sulla letteratura spagnola per i decenni a venire.

Did you love *Cose che non Devi Fare se Vuoi Diventare uno Scrittore*?
Then you should read *Comandante Valentina Smirnova*[1] by Francisco
Angulo de Lafuente!

En una época donde las mujeres no tenían voz ni voto y estaban mal
vistas fuera de la cocina, Valentina Smirnova volaba en su caza Polikárpov
I-16Luchando contra los falangistas de Franco, fascistas de Mussolini
y nazis de Hitleren el cielo de una España en guerra.Francotiradoras
rusas.Los nazis perdían la cabeza por aquellas mujeres.Lyuba
VinogradovaPrólogoMarie Curie aislando el radio y el polonio en su
pequeño laboratorio de la calle Lhomond. Con probetas de material
radiactivo en sus bolsillos. Enfrentándose a los clichés sociales de su
tiempo. Se comenta que intentaron denegarle su segundo premio Nobel,
por no llevar una vida sentimental adecuada, correcta a ojos de sus

---

1. https://books2read.com/u/4NeLl6

2. https://books2read.com/u/4NeLl6

contemporáneos.Dolores Ibárruri ya era madre de seis hijos a los veintidós años, cuando decidió que debía de hacer algo por los demás e inició su carrera política. Le comunicó a su marido que no tenía intención de tener más hijos, ni de pasar más tiempo cosiendo, fregando o guisando en la cocina. Dedicaría su vida a defender los derechos de los más desfavorecidos. Sólo con este acto de rebeldía, de enfrentamiento a la sociedad represiva y machista ya tiene toda mi admiración. Las hijas o mujeres de gente acaudalada que se desviaban del camino, eran tratadas profesionalmente, internándolas en sanatorios mentales; El padre o el marido despechado podía firmar autorizando el ingreso, mientras pagase la cuota mensual la mujer no volvería a ver la luz del día. Se recomendaba la terapia de electroshock y la cirugía cerebral, lobotomía.Un siglo después es muy difícil si no imposible ponerse en las circunstancias de la época. Por eso lejos de cualquier etiqueta política, es de admirar el valor de mujeres que se enfrentaban al establishment. Adoctrinadas desde niñas en una cultura y sociedad machista donde lo más a lo que podían aspirar era a convertirse en la señora de un acaudalado comerciante o la consorte de un aristócrata. No soy ni siquiera capaz de imaginar dónde prende la llama interior que convierte a una niña instruida costurera, bordadora y demás labores domésticas en dirigente revolucionario o en aviador, combatiendo sobre los cielos de España en un caza Polikarpov I-16.

Read more at https://twitter.com/Francisco_Ecofa.

Also by Francisco Angulo de Lafuente

Eco-fuel-FA (ECOFA) A viable solution
El Olfateador нюхальщик
Kira y la Tormenta de Hielo
Los Mejores (The Best)
То,что Вы не должны делать ,чтобы стать писателем

Compañía Nº12
Destino La Habana - Destination Havana
EL OLFATEADOR
La leyenda de los Tarazashi
LÁZARO RIP
Estrella fugaces en el cielo de verano
Commander Valentina Smirnova
Escapando del Infierno
Comandante Valentina Smirnova
Freak - El Circo de los Horrores
INVADERS La invasión ha comenzado
The Sniffer
Una boda gitana y un funeral escocés
Freak - The Circus of Horrors
Escaping from Hell
Shooting Stars in the Summer Sky
Cosas que no debes hacer si quieres ser escritor
Destination Havana
The Relic

Invaders the Invasion Has Begun

Lazarus - rip

Kira and the Ice Storm

The Best

The Legend of the Tarazashi

Commandante Valentina Smirnova

La Relique

Dinge die Du nicht tun solltest, wenn Du Schriftsteller werden willst

Eco-fuel-FA (ECOFA) second generation biofuel

El Olfateador

La Reliquia

Lázaro Project

A Gypsy Wedding and a Scottish Funeral

Company N12

Choses à ne pas Faire si Vous Voulez Devenir Écrivain

Things You Shouldn't Do if You Want to Be a Writer

Coisas que não Deves Fazer se Queres ser Escritor

Cose che non Devi Fare se Vuoi Diventare uno Scrittore

Things You Shouldn't Do if You Want to Be a Writer

Watch for more at https://twitter.com/Francisco_Ecofa.

About the Author

Francisco Angulo Madrid, 1976

Enthusiast of fantasy cinema and literature and a lifelong fan of Isaac Asimov and Stephen King, Angulo starts his literary career by submitting short stories to different contests. At 17 he finishes his first book - a collection of poems – and tries to publish it. Far from feeling intimidated by the discouraging responses from publishers, he decides to push ahead and tries even harder.

In 2006 he published his first novel "The Relic", a science fiction tale that was received with very positive reviews. In 2008 he presented "Ecofa" an essay on biofuels, whereAngulorecounts his experiences in the research project he works on. In 2009 he published "Kira and the Ice Storm".A difficultbut very productive year, in2010 he completed "Eco-fuel-FA",a science book in English. He also worked on several literary projects: "The Best of 2009-2010", "The Legend of Tarazashi 2009-2010", "The Sniffer 2010", "Destination Havana 2010-2011" and "Company No.12".

He currently works as director of research at the Ecofa project. Angulo is the developer of the first 2nd generation biofuel obtained from organic waste fed bacteria. He specialises in environmental issues and science-fiction novels.

His expertise in the scientific field is reflected in the innovations and technological advances he talks about in his books, almost prophesying what lies ahead, as Jules Verne didin his time.

Francisco Angulo Madrid-1976

Gran aficionado al cine y a la literatura fantástica, seguidor de Asimov y de Stephen King, Comienza su andadura literaria presentando relatos cortos a diferentes certámenes. A los 17 años termina su primer libro, un poemario que intenta publicar sin éxito. Lejos de amedrentarse ante las respuestas desalentadoras de las editoriales, decide seguir adelante, trabajando con más ahínco.

Read more at https://twitter.com/Francisco_Ecofa.